Un personnage de Thierry Courtin

92, avenue de France, 75013 Paris
ISBN : 978-2-09-249776-0
Loi n°49-956 du 16 juillet 1949
sur les publications destinées à la jeunesse,
modifiée par la loi n°2011-525 du 17 mai 2011.

Achevé d'imprimer en juillet 2022 par Lego, Vincence, Italie.
N° d'éditeur : 10279377 – Dépôt légal : septembre 2022.

T'choupi

se promène en forêt

Illustrations de Thierry Courtin

Aujourd'hui, T'choupi part
se promener en forêt.
Il met ses bottes, prend
sa loupe et son petit sac à dos.

Dans les bois, on entend
un bruit : « toc toc toc ».
– C'est un pivert qui pique
l'arbre avec son bec, explique
mamie.

Fanni aperçoit
des champignons.
– Il ne faut pas les toucher,
dit T'choupi.
Mais on peut ramasser
des feuilles !

Au pied du chêne,
ils choisissent les plus belles
feuilles. T'choupi ramasse
aussi quelques glands.

Avec sa loupe, T'choupi observe des fourmis et des vers de terre.

– Coucou les amis, vous êtes tout petits !

Un peu plus loin, T'choupi remarque une drôle de motte de terre.
– C'est une taupinière, explique mamie, la maison de la taupe !

– Personne d'autre n'habite la forêt ? demande T'choupi.
– Oh, si ! répond papi. Tu vois ces traces de pas ? Ce sont celles du cerf, le roi de la forêt.

T'choupi aperçoit des petits
fruits marron.
– J'ai le droit d'en prendre,
mamie ?
– Oui, ça tu as le droit,
ce sont des châtaignes,
tu verras c'est délicieux !

Sur le chemin du retour,
T'choupi ramasse un bâton
de marche pour papi.
– Moi aussi, j'ai un cadeau
pour toi, mon T'choupi.

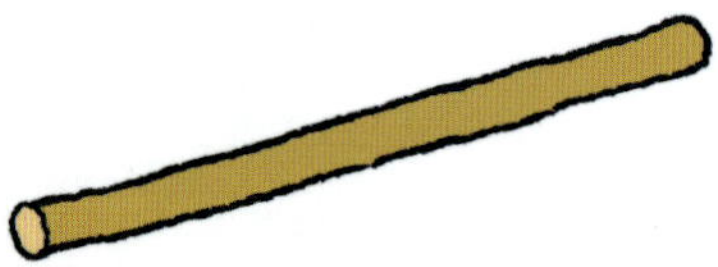

– Oh un sifflet !
– Je l'ai taillé dans une branche de châtaignier.
– Merci papi ! La forêt a vraiment plein de secrets !

Découvre d'autres aventures de T'choupi